UN PRINTEMPS

Merci à ma chère Sido
et à toutes mes Charlotte.

M. L. C.

Correction : Anne Rastoll

1, rond-point du Général-Eisenhower,
31101 Toulouse Cedex 9, France

Loi 49.956 du 16 juillet 1949 sur les publications destinées à la jeunesse.

Dépôt légal : mars 2022
ISBN : 978-2-408-03347-7
editionsmilan.com

Marie Le Cuziat

UN PRINTEMPS

milan

À toi,

Au 9 septembre.
À notre prochain premier rendez-vous.

Giboulées de MARS

21

Ste Clémence

Clémence, ton prénom est écrit sur la page du jour où je commence. C'est tombé sur toi, pardonne-moi.

Je m'appelle Angèle. J'ai treize ans. Ma sœur est morte il y a quatre mois et je ne crois pas que je puisse m'en remettre. Voilà. C'est un peu brutal comme entrée en matière mais que veux-tu, c'est la vérité. Souvent, on épargne les autres en utilisant des mots plus doux, mais je ne peux pas te dire que ma sœur est partie. Tu me demanderais : « Où ? » Et moi, je ne saurais te répondre.

Je te parle à toi parce que les gens veulent passer à autre chose. Normal. Parler des morts trop souvent, ça fait peur aux vivants. Rassure-toi, demain je parlerai à quelqu'un d'autre, je ne fais que passer dans ta vie. Je te dépose simplement quelques mots. Tu en feras ce que tu veux après, tu peux même les jeter si ça t'encombre. Moi, en attendant, je m'allège.

– Laisser une trace, c'est important non ?

Mme Machin m'a posé cette question l'autre jour. Elle adore finir nos séances avec une question qui se met à flotter dans l'air jusqu'à la prochaine fois. Alors c'est ce que je fais, je laisse une trace. J'écris en secret, personne ne le sait, à part Mme Machin bien sûr. Elle est psychologue, tu avais deviné non ? Il y a toujours plein de mouchoirs dans sa corbeille, mais moi je ne pleure pas.

– Pas encore, m'a-t-elle dit.

Machin, ce n'est pas son vrai nom, tu t'en doutes, mais je crois que je suis tenue au secret professionnel, ou quelque chose dans ce genre-là, même dans mon propre journal.

J'ai pris un agenda vert pour écrire, mon père en a plein son tiroir de bureau. Un agenda, c'est une bonne idée pour voir défiler les jours. Et puis un prénom sur chaque page, c'est une nouvelle personne à qui parler chaque jour, ça m'aidera peut-être.

J'ignore pourquoi mon père a tant d'agendas, il doit avoir un truc à régler avec le temps qui passe. C'est ce que penserait Mme Machin à coup sûr. En tout cas, il ne risque pas de se rendre compte qu'il lui en manque un parce qu'en ce moment je crois qu'il ne voit même plus que je suis là, mais je ne lui en veux pas. Chacun fait comme il peut.

À l'échelle du monde la mort de ma sœur est passée inaperçue, c'est injuste je trouve. Elle a pourtant fait de grandes choses : elle m'a appris à faire du vélo, m'a sauvé deux fois de la noyade, a gagné le cross de l'école quatre années de suite. Elle savait même toucher son nez avec sa langue. Et je ne te dis pas tout !

Elle s'appelait Élise.

22

Ste Léa

J'étouffe ici, les chagrins s'accumulent, ça fait des gros tas de larmes partout dans la maison. On se prend les pieds dedans, on tombe, et on ne se relève pas toujours. Ma mère fait parfois semblant de sourire, et c'est encore plus insupportable. Les gens pensent qu'elle va mieux mais quand les portes se referment, tout fout le camp et c'est comme si on devait tout recommencer à zéro.

Léa, emmène-moi le plus loin possible, même pas longtemps. Mais surtout, laisse un mot à mes parents, je ne veux pas les achever.

RESTER EN VIE. RESTER EN VIE. RESTER EN VIE. À tout prix.

23

St Victorien

Ferme les yeux, Victorien, juste un instant.

Tu sens l'air frais qui fleurit ? C'est le printemps qui s'installe. Pourtant cette année, il n'a pas la même odeur. Je voudrais te raconter le cerisier japonais de notre enfance. Je peux ?

Il y a des arbres qui ont l'air d'être des gens, c'était le cas du nôtre. Il avait un tronc large et des branches basses et solides. Il était vieux, courbé, balafré. Majestueux. La branche d'Élise était un peu plus haute que la mienne, nous avions chacune décoré la nôtre. À l'époque, j'avais une passion dévorante pour les cœurs en tout genre, ma branche en était remplie. Élise, elle, aimait beaucoup jouer avec les reflets. Des miroirs cassés, des vieux CD, elle savait faire briller n'importe quoi, n'importe qui aussi d'ailleurs. Il y a des gens qui sont comme des lumières.

Elle a offert à notre arbre beaucoup de ses rires, qui ne sortaient qu'en éclats. Moi je lui ai confié des secrets que je n'ai jamais su dire à d'autres. Nous avons passé des après-midi entiers au creux de notre arbre, à nous inventer de petites vies éphémères. Et puis nous avons déménagé. J'ai longtemps détesté ce mot. Faire le ménage, mettre des vies en cartons, parfois ça abîme. Je me souviens parfaitement du jour de ce déménagement, celui qui nous a fait quitter notre arbre. Quelques heures avant notre départ, en pleine nuit, je suis entrée dans la chambre d'Élise et j'ai allumé son globe terrestre, elle a plissé les yeux en se redressant doucement. Ma sœur n'a jamais été énervée que je la réveille, peu importe l'heure. Elle m'a ouvert les bras, je me suis blottie contre elle, nous n'avions même pas besoin de parler.

J'ai l'impression que c'était il y a une éternité.

Elle me manque tous les jours un peu plus fort.

Un jour, j'irai revoir notre arbre et je me blottirai dans ses bras.

24

St Adhémar

Tu as vu, Adhémar, sur toutes les photos de nous petites, je suis cachée derrière elle. J'ai toujours su qu'il ne m'arriverait rien si je la suivais comme son ombre. Et maintenant, comment suis-je censée faire ?

J'ai ramené des photos de nous pour les montrer à Mme Machin. On a surtout parlé de celle du gâteau d'anniversaire, j'ai l'impression que l'on comprend tout de nous dessus. Élise éclate de rire, les bras en l'air, moi, je suis là sans y être vraiment, la tête posée sur une main lasse. J'ai l'air d'un clown triste avec mon petit chapeau pointu. Pourtant je ne le suis pas. Élise est devant, floue tant elle bouge, tant elle danse. Moi je suis nette, statique, en arrière-plan. Élise a des miettes au coin de la bouche, les bougies attendent d'être soufflées, je ne me rappelle plus par qui.

Élise ose tout, moi j'obéis, j'attends que quelque chose se passe.

Deux sœurs qui rayonnent en même temps c'est presque impossible, non ? Peut-être que maintenant je vais prendre un peu la lumière ? Peut-être que j'attendais juste mon tour.

Chut !

Promets-moi de ne rien dire, je t'en supplie.

J'ai honte de te poser la question.

25

St Humbert

RENDEZ-MOI MA SŒUR !

Je crie, aujourd'hui, Humbert.

Bien sûr que personne ne m'entend, puisque je crie de l'intérieur.

26

Ste Larissa

Tout le monde me regarde depuis que j'ai repris les cours. On dirait qu'ils cherchent des traces sur mon visage. Même la boulangère m'a regardée bizarrement ce matin, alors que j'achetais juste un croissant. En partant, elle m'a fait un petit sourire serré.

Je crois qu'ils veulent tous savoir ce que ça fait sur un visage de treize ans d'avoir une sœur morte. Je fais semblant de les ignorer. Mais il ne faut pas croire, ça ne me fait pas rien.

S'il te plaît, Larissa, dis-leur de me laisser tranquille.

Vous tous, vous m'entendez ? ARRÊTEZ !

Vous me rappelez sans cesse qu'elle n'est plus là.

Si vous voulez vraiment savoir ce que ça fait, je vais vous le dire : ça arrache le cœur.

27

St Habib

Habib, j'aurais tant voulu que tu la connaisses !

Je voudrais pouvoir te la décrire sans trop l'abîmer mais ce n'est pas si facile à faire. Il aurait fallu que tu la voies ne serait-ce qu'une fois pour comprendre. Même ceux qui l'ont simplement croisée s'en souviennent. Quand elle souriait, elle avait une fossette sur la joue gauche, un trou à bisous disait maman. Ses cheveux étaient gorgés de soleil toute l'année et le vent lui allait si bien.

– Oui mais toi aussi t'es super-belle !

Voilà ce que m'a dit Charlotte quand je lui parlais d'Élise au self hier midi. Charlotte me fait sourire au moins une fois par jour, et ça me fait un bien fou ! Comme quoi, une bouée de sauvetage peut prendre différentes formes, y compris celle d'une meilleure amie en salopette.

28

St Gontran

Il est 5 h 30, j'ai froid. Je suis dans sa chambre et il n'y a plus de chauffage. Ben oui, Gontran, à quoi bon chauffer les murs ? Je vais essayer d'écrire mais mes doigts sont gelés, mes mots vont sûrement trembler de froid avec moi. Je vais te raconter un souvenir avec elle, ça va peut-être nous réchauffer.

C'était dans une maison de vacances que nos parents avaient louée pour tout un été. Elle se trouvait au bord d'une rivière et l'herbe était bien verte. J'avais sept ans, elle dix. Tous les matins, j'attendais ma sœur sur le petit muret en pierres et nous allions marcher dans l'herbe mouillée. Juste elle et moi. Ma main dans la sienne, rien ne pouvait m'arriver. Un matin, dans la brume, je n'ai pas vu un clou rouillé qui dépassait d'une planche de bois, j'ai marché dessus et le clou s'est enfoncé dans mon talon. La douleur était atroce, mon cœur s'est mis à battre à toute vitesse puis une sensation de vide m'a parcourue. J'ai serré la main de ma sœur, elle a serré la mienne en retour. Elle n'a rien vu et moi, je n'ai rien dit. J'ai continué à marcher, comme si de rien n'était, parce que je ne voulais surtout pas interrompre ce moment. Bien sûr mon talon s'est infecté, et personne n'a vraiment compris pourquoi je n'avais rien dit, je crois même qu'ils ont eu un peu peur. Peur pour moi ou peur de moi, ça je ne sais pas.

La vie ne peut pas être aussi moelleuse que de l'herbe épaisse et bien verte.

Il y a forcément des clous sur le chemin, des douleurs vives.

Et surtout, des mains que l'on ne peut plus tenir.

29

Ste Gwladys

Élise n'a jamais eu peur de rien.

Et moi, c'est le contraire.

Oui, peur de tout, ça existe.

Élise avait une collection de couteaux. Pas la peine de me demander d'où lui venait cette passion, je n'en sais rien. Parfois, quand elle n'était pas là, j'entrais dans sa chambre et je les effleurais du bout des doigts, juste pour être avec elle. Certains avaient des étuis aux formes improbables, comme une aile d'aigle ou une botte de cow-boy. D'autres sentaient le cuir à te retourner le ventre, une odeur d'animal mort qui te rentrait dans les narines pour y rester un bon bout de temps. C'était son trésor.

Cette collection était merveilleuse juste parce que c'était la sienne.

Quand j'avais huit ans et que j'avais peur de me faire enlever la nuit, elle venait entourer mon lit de ses couteaux. Ça faisait comme une petite cérémonie.

Tu sais, Gwladys, Élise tuait mes peurs une à une.

Sans elle, je me sens perdue maintenant.

J'ai peur d'avoir peur toute la vie.

30

St Amédée

Mon grand-père est venu nous voir aujourd'hui.

Il n'a pas dit grand-chose mais je crois qu'il a dit l'essentiel. Après le repas et le bruit insupportable des couverts dans les assiettes, il m'a prise par la main et nous sommes allés marcher au bord des vagues. Son bras faisait balancer le mien. Je me suis laissé bercer.

– Choisis la vie. Je t'en prie.

C'était presque un ordre. Nous n'étions que tous les deux, c'était bien. Il ne m'a pas lâché la main. À un moment j'ai senti qu'un sanglot le soulevait très légèrement, je l'ai regardé et j'ai vu ses yeux déborder. Ils ont même changé de couleur, on aurait dit un tableau. Il m'a souri et je l'ai serré très fort.

Je n'avais pas réalisé que d'autres que nous étaient tristes.

Au loin, j'ai aperçu Charlotte, elle m'a fait un signe puis elle est partie. Je crois qu'elle me surveille, qu'elle s'assure chaque jour que je vais bien.

Mon grand-père s'est mis pieds nus, j'ai fait comme lui. J'ai trouvé que le sable était froid, et que ses pieds étaient blancs et vieux. Il s'est approché de l'eau, sans me lâcher la main. Je crois que quand tu marches depuis trop longtemps, la mer ça soigne.

L'espace d'un instant, j'ai deviné le petit garçon qu'il avait été. Lui aussi a connu des chagrins immenses, pourtant il est encore debout. Je l'ai de nouveau serré très fort dans mes bras, pour lui dire merci cette fois-ci.

Et toi, Amédée, dis-moi que tu es encore debout, rassure-moi, je t'en prie. Serre-moi fort.

31

St Benjamin

Toutes les nuits, je rêve d'alligators. Élise est là, de l'autre côté de ce qui ressemble à une mare vaseuse. Elle me tend la main, je lui tends la mienne. Je réussis même à la toucher, mais seulement du bout des doigts. C'est affreux parce qu'elle saigne, et je voudrais la sauver. J'essaye, je vous jure que je fais tout pour ! Mais d'un seul coup, je deviens minuscule, je ne peux plus rien faire, et le pire dans tout ça, c'est que je ne la retrouve jamais.

Ce matin, je me suis réveillée trempée de sueur et de larmes.

Penses-tu que l'on retrouve nos morts un jour, Benjamin ? Je veux dire, autrement que dans les rêves ?

Pluie d'AVRIL

1er

St Hugues

Hugues !

Un nouveau mois s'annonce, tout va changer, en tout cas je vais tout faire pour. Parce que je choisis de vivre, même sans elle.

Et puis, je ne suis pas seule puisque j'ai Charlotte, son rire et sa liberté, sa collection de salopettes et ses foulards colorés, ses bras qui m'entourent et me soulèvent, ses mots qui claquent et qui réchauffent.

Une presque sœur que je ne peux pas perdre. Laissez-la-moi ou je ne me relèverai pas.

Quand on a emménagé ici, mes parents me rabâchaient que j'avais de la chance, mais ça m'était complètement égal de vivre si près de la mer. J'avais onze ans et personne ne m'avait demandé mon avis. Nous étions arrivés en plein été caniculaire. Ma sœur, qui a toujours été bien partout, continuait à rire, moi j'errais. Mes parents déballaient les cartons en suant comme des bêtes, c'était écœurant de les regarder, d'ailleurs j'étais dégoûtée de tout.

Quand j'ai vu Charlotte pour la première fois, elle mangeait une glace à la fraise qui dégoulinait le long de ses mains et de ses poignets. Elle s'en mettait partout mais ça n'avait pas l'air de la déranger. Elle faisait semblant d'avoir du rouge à lèvres et envoyait des baisers imaginaires à une statue tandis que son petit frère, hilare, se retenait de se faire pipi dessus. Je la regardais de loin, en souriant timidement.

Elle m'a fait un petit signe de la tête, je n'ai pas tout de suite compris que c'était à moi qu'elle s'adressait, alors elle s'est approchée.

Je l'ai aimée au premier coup d'œil. Plus tard, elle m'a dit que ça avait été pareil pour elle, comme si nous nous étions reconnues.

Elle m'a emmenée découvrir le coin : le port, les viviers, le sentier côtier de la pointe et les rochers. Avec ses yeux à elle, tout me semblait plus beau. Il suffit d'être avec la bonne personne pour aimer un endroit. Elle parlait beaucoup, ça tombait bien, j'adore écouter. Sur la plage aux coquillages, on a mis les pieds dans l'eau, on a glissé sur les algues et elle m'a montré comment attraper un crabe par les côtés de la carapace pour éviter de se faire pincer. Après, elle m'a poursuivie avec, on a couru comme des enfants que nous n'étions plus vraiment. J'avais du sable jusque dans les oreilles. Quand elle a imité une mouette en déployant doucement les bras et le cou, son petit frère a fini par se faire pipi dessus pour de bon, j'ai bien failli aussi. Ils ont dû rentrer chez eux, mais avant de partir, elle m'a prise dans ses bras, j'ai eu l'impression d'être regonflée d'un seul coup.

– Même heure devant le glacier demain ! a-t-elle crié en repartant.

Et j'ai compris que, finalement, j'allais être bien ici.

Je suis rentrée chez moi, j'ai aidé mes parents à déballer les cartons en sifflant, ils m'ont regardée bizarrement, j'ai fait semblant de ne rien voir. Je n'ai pas raconté ma rencontre avec Charlotte, j'avais trop peur qu'ils l'abîment en ne comprenant rien. Je n'avais aucune envie de les convaincre qu'aimer quelqu'un si fort en une seconde c'est possible.

2

Ste Sandrine

Ce soir, je me suis habillée en Élise et je suis descendue à table comme ça. J'avais son jean, son pull bleu à grosses mailles avec des rayures beiges et ses bottes noires. J'avais même mis ses chaussettes avec des citrons dessus, ses boucles d'oreilles, et son bracelet (soi-disant tibétain). Tout était trop grand, on aurait dit un déguisement, je pouffais de rire en descendant l'escalier. Ça n'a pas du tout fait rire mes parents.

Ma mère a poussé un cri.

J'ai dit :

– Ben quoi ? Ça ne vous fait pas plaisir ?

Mon père s'est levé brusquement et il m'a mis une claque. Assez forte pour que ça me brûle la joue. Je n'ai pas pleuré, je n'ai même pas bougé à vrai dire.

Après, on a mangé comme si de rien n'était. Je suis restée habillée en Élise, je crois même que j'imitais ses gestes. Ma mère a fait comme si elle ne voyait rien, mon père a bu sa soupe en faisant plein de bruit pour remplir le vide.

Je crois que ça nous fait tous devenir fous. C'est idiot non ? Il suffirait simplement qu'elle revienne.

Où que tu sois, Élise, j'espère au moins que toi, ça t'a fait rire.

Sandrine, je t'entends rire. Est-ce bien toi ?

Ou bien est-ce elle ?

J'oublie tout d'elle, même son rire, pourtant si unique.

3

St Richard

Ça va aller, je peux y arriver.

Il suffit que l'on me laisse encore un peu de temps.

Pas vrai que même les rois plient parfois ?

Cher Richard Cœur de Lion, le mien est en miettes.

Alors, n'ai-je pas le droit de poser un genou à terre pour ramasser les morceaux ?

4

St Isidore

Aujourd'hui, c'est Pâques.

Tu sais, Isidore, mon père nous avait fait la promesse de nous cacher des œufs dans le jardin toute la vie, même quand nous serions grandes. Il disait qu'il lui suffirait de les cacher un peu mieux. Cette année, il a oublié.

Élise, elle, m'avait promis de toujours être là.

Ça devrait être interdit de faire des promesses quand on n'est pas absolument certain de pouvoir les tenir.

5

Ste Irène

Il n'y a que Charlotte qui me comprend. Et toi, Irène, tu as qui ? Avec elle, je pouffe de rire, j'éclate de rire, je pleure de rire. Est-ce que les morts savent qu'après les avoir mis sous terre ou brûlés, souvent les gens rient ? Surtout les plus proches.

Avant un enterrement, plus personne ne respire. Certains regardent en l'air, d'autres baissent la tête. Certains font de vraies têtes d'enterrement, d'autres veulent être dignes. Dignes de quoi, je ne sais pas trop. Certains ravalent leurs larmes à se déchirer la gorge, d'autres les laissent sortir en cascade, ça sort de partout, des yeux, des narines, de la bouche (exemple : ma tante, dégoûtante).

Moi, le jour de celui de ma sœur, j'avais l'impression de ne pas être là. Quand Charlotte me pressait un peu la main, ça me faisait sursauter, je flottais. En sortant de l'église, je ne sais pas laquelle de nous deux a emporté l'autre. Je me rappelle simplement que c'était parfait. On a couru sur la plage, il pleuvait à torrents. Le ciel était noir.

– Je suis trempée jusqu'aux os ! a crié Charlotte.

C'est comme ça qu'a commencé le fou rire le plus énorme de notre existence, à cause du mot *os*. Je pleurais de rire, la pluie en rajoutait. On a dansé des heures, je n'avais besoin de rien d'autre.

6

St Célestin

Je ne suis plus très sûre de vouloir continuer d'aller chez Mme Machin. Je n'ai presque rien eu à lui dire aujourd'hui. Ça m'a ennuyée.

Je n'avais jamais remarqué que son bureau était si moche, rempli de petits objets moches ; ni qu'elle avait des photos d'enfants moches dans un cadre en bois moche. Je n'avais jamais pensé que Mme Machin puisse avoir une famille.

Son sourire m'a énervée.

Je crois que je ne l'aime plus.

Vous m'entendez, madame Machin ? JE NE VOUS AIME PLUS ! Ça vous fait quoi ? Ça vous donne envie de me retenir ?

Va donc lui dire, toi, Célestin, au lieu de rester planté là à me dévisager.

7

St Clotaire

Je suis retournée voir Mme Machin aujourd'hui. Je n'ai toujours pas pleuré et je n'ai presque rien dit de toute la séance, pourtant c'est moi qui lui ai demandé de revenir aujourd'hui alors que j'étais déjà venue la veille. J'avais peur qu'elle m'en veuille, qu'elle me laisse tomber, tu comprends, Clotaire ? Je suis sûre que tu comprends.

Ce n'est pas vrai que je ne l'aime plus, c'est moi que je n'aime pas.

En rentrant, j'ai fait un trou dans le mur de ma chambre, puis j'ai déplacé un poster pour le cacher.

Et après, j'ai hurlé.

8

Ste Julie

L'infirmière du collège sent la noix de coco et elle s'appelle comme toi : Julie. Elle a les mains douces. Ça me ferait pleurer quand elle effleure mes joues, mais je me retiens. Pourtant je voudrais bien pleurer la tête contre ses seins. Parfois je me colle à elle et elle me dit des mots gentils. Ça me soigne.

Je voudrais tant que ma mère fasse pareil.

9

St Gauthier

10

St Fulbert

J'ai la peau qui brille, j'ai des poils qui poussent et je sens la transpiration. Je n'aime plus mon corps. J'ai des seins mais je n'en veux pas.

J'ai plus de sœur mais j'en veux une.

Et pas n'importe laquelle.

Je ne veux qu'elle.

Fulbert ! Ton prénom sonne comme une attaque !

Alors, qu'est-ce que tu attends ? Ne reste pas planté là !

Fonce, et ramène-la-moi !

11

St Stanislas

Élise m'a rendu visite aujourd'hui. C'était au bord de l'eau, sur la plage aux coquillages. Elle était debout sur un rocher et elle regardait la mer. Je me suis approchée doucement, j'ai mis ma main dans la sienne. On a écouté le bruit des vagues, celui qui efface tout. Ça a duré longtemps.

Tu devrais vivre à côté de la mer, Stanislas, je te promets que tu irais mieux.

12

St Jules

Ce matin, je suis retournée sur la plage. J'ai attendu Élise toute la matinée. Je m'en fichais de rater les cours. Au bout de quelques heures, une main s'est glissée dans la mienne, mais ce n'était pas la sienne, c'était celle de Charlotte. Elle m'a dit très doucement au creux de l'oreille :

– Allez, viens.

J'ai voulu attendre encore un peu, j'étais sûre qu'elle reviendrait, mais Charlotte n'était pas d'accord.

Jules, pourrais-tu l'attendre pour moi ?

Et si tu la vois, dis-lui que je l'aime.

13

Ste Ida

Tu sais ce qu'il y a de plus terrible ici depuis qu'Élise est morte, Ida ?

Le silence.

14

St Maxime

Tu connais Venise, Maxime ? Moi, non. Pas encore.

Un jour, Élise est partie en voyage de classe là-bas. C'était un événement pour nous tous depuis des semaines : pour la première fois de notre vie à quatre, quelqu'un partait. Une semaine c'est très long quand on ne se sépare jamais. Tout se décale. Quand nous nous sommes retrouvés à trois dans la maison, c'était bizarre. J'ai trouvé ça dur sans elle. Le temps m'a semblé plus long, comme une vie au ralenti. J'ai dormi toute la semaine dans son lit pour avoir son odeur, pour y laisser la mienne aussi, je crois. À son retour, nous étions tous les trois alignés pour l'attendre. Je lui ai jeté des pétales de roses en forme de cœur dans l'allée du jardin. Élise a souri, pendant plusieurs jours même, grâce à moi.

Quand elle est entrée dans la maison, c'est comme si tout reprenait vie, même les objets. Mes parents se sont rallumés, eux aussi. Ça respirait à nouveau, on avait enfin de l'air.

C'est bête, quand même, elle était juste partie à Venise.

15

St César

16

St Benoît

Ce matin en partant au collège, je ne sais pas trop pourquoi, je me sentais toute légère, alors qu'hier ça n'allait pas du tout. Les jours se suivent parfois sans se ressembler.

Au lieu de passer par le même chemin que d'habitude, j'ai décidé de prendre la route des peupliers qui passe devant le cinéma, je suis montée sur le petit muret et j'ai joué à être une funambule, je virevoltais sur un fil comme une plume. À la fin de mon petit spectacle, j'ai salué mon public en souriant. Et là, j'ai entendu des applaudissements, des vrais ! J'ai relevé la tête, il y avait un garçon sur le trottoir d'en face. Je crois qu'il a les yeux verts, c'est ma couleur préférée. Je suis devenue toute rouge, j'ai ri, lui aussi, puis je suis partie. Au bout de la rue, je me suis retournée : il était toujours là. Il m'a fait signe, moi aussi. Quelqu'un l'a appelé et il est entré dans le cinéma. Je suis restée plantée là un long moment. Je suis arrivée en retard au collège mais tant pis.

J'ai tout raconté à Charlotte pendant le cours de musique. Ça lui a donné envie de chanter, elle l'a fait. Résultat : la prof l'a virée, une fois de plus.

J'ai pouffé, la prof m'a dit :

– Tu as peut-être envie de la rejoindre ?

J'ai hoché la tête, la prof a dit :

– Très bien, ton carnet.

Je m'en fiche complètement ! Et mes parents aussi, d'ailleurs. Ils n'ont plus le temps pour ça, ma sœur prend toute la place alors qu'elle n'est même plus là.

En fin d'après-midi, après les cours, Charlotte et moi sommes passées au cinéma pour acheter des bonbons, enfin surtout parce qu'elle voulait le voir. Grâce à elle, qui adore discuter et qui n'est pas timide du tout, je sais plein de choses sur lui. Il s'appelle Marin et c'est le fils du nouveau propriétaire. Ils sont arrivés ici parce que dans le Sud il fait trop chaud, c'est ce que dit son père en tout cas. Je pense que c'est une fausse excuse, mais après tout, la vraie raison ne me regarde pas. On a tous nos secrets, et on n'est pas obligés de les partager.

T'en dis quoi toi, Benoît ? Je parie que tu en as aussi, n'est-ce pas ?

Il m'a tout de suite reconnue. Il avait l'air surpris, content aussi. C'est Charlotte qui a vu son prénom sur l'étiquette de sa chemise, moi je suis restée derrière, je préfère. Il vend du pop-corn, des bonbons, des boissons, vérifie les tickets, sourit aux gens. Il a au moins seize ans, peut-être plus.

Ça m'a fait des choses dans le corps quand je l'ai regardé. Je n'ai pas osé lui parler, lui non plus. Mais parfois les regards disent plus que les mots.

Je n'aurais sûrement rien dit de tout ça à Élise, je crois qu'elle ne voyait pas que j'avais grandi. Pour elle, j'étais sa petite à vie. Si ça se trouve, un jour on se serait éloignées à cause de ça.

Ou peut-être pas, mais ça je ne le saurai jamais.

17

St Anicet

Je suis passée au moins cinq fois devant le cinéma aujourd'hui, je n'avais que ça à faire.

Peut-être dix.

Sûrement quinze.

As-tu compté, Anicet ? M'as-tu espionnée ?

18

St Parfait

Tu te crois tous les jours parfait toi, Parfait ?
Moi, non. Je suis lucide.

Marin, lui, est parfait.

19

Ste Emma

Marin m'a fait signe quand je suis passée devant le cinéma ce matin. J'ai accéléré le pas parce que tout s'est accéléré à l'intérieur de moi. C'était très bizarre, et ça faisait presque mal, comme si je brûlais. Je me demande si je suis normale. Lui, il va penser que je ne le suis pas, c'est sûr ! Tu ne crois pas, Emma ?

Charlotte m'a dit que j'étais complètement débile de ne pas lui avoir répondu. Elle a raison. Elle a même failli s'étouffer avec le bouchon de son stylo quand je lui ai raconté. Pour la troisième fois, le prof d'histoire nous a dit de nous taire, alors à la place elle m'a glissé un bout de papier : *Jure-moi que tu vas retourner le voir.*

J'ai juré.

20

Ste Odette

Marin, je te regarde en cachette parce que je n'ose plus t'approcher. Tu me fais transpirer et rêver. Tu me fais me sentir plus grande, tu me fais douter, tu me fais peur et tu m'aides. Voudras-tu de moi ? Aurais-tu préféré ma sœur à moi ?

Ce soir je vais m'endormir en pensant à toi.

(Pardon, Odette, mais ce soir j'avais besoin d'écrire à Marin.)

21

St Anselme

Plus que deux jours avant les vacances. Charlotte est venue me chercher ce matin, elle voulait absolument passer par la route des peupliers pour que je voie Marin. Je l'ai suppliée de ne pas me forcer. Elle a froncé les sourcils, insisté un peu, mais pas trop longtemps non plus. Finalement on a pris la route de la mer, c'était exactement ce qu'il me fallait, j'aime que le vent transporte des gouttes sur mes joues sans même que je m'en rende compte. J'aime l'air frais du matin, le cri des mouettes et le roulis des galets, ça me remplit pour la journée. Elle a parlé tout le long du chemin, je ne pourrais même pas te répéter ce qu'elle m'a dit, Anselme, je n'étais pas vraiment avec elle.

Je pensais à Élise, bien sûr. Mais pour être tout à fait honnête, Marin prend de plus en plus de place dans ma tête.

22

St Alexandre

Oui je sais, Alexandre, demain c'est les vacances, Charlotte s'en va. Pas la peine de remuer le couteau dans la plaie, parce que nous, on ne part plus nulle part.

Maman a les yeux vides. Papa est en colère.

Et moi, je me sens en trop.

23

St Georges

J'ai plein de questions pour toi, Georges.

Est-ce qu'on repartira en vacances un jour ?

Est-ce qu'on dansera quand même tous les trois ?

Est-ce que ma mère rira encore ?

Est-ce que Marin et moi on s'embrassera ?

Est-ce que je vais vivre longtemps ?

Est-ce que j'aurai des enfants ?

Est-ce que mon père aurait préféré que ce soit moi au lieu d'elle ?

J'ai des questions plein la tête.

Tout le temps.

Et elles ne sont pas toujours jolies.

24

St Fidèle

Élise,

Je te reste fidèle.

Il y a ton vélo collé au mien.

Ton parfum qui flotte encore dans l'air.

Ta serviette dans la salle de bains.

Tes stylos débouchés.

Tes couteaux alignés.

Ton lit défait.

Et ta voix qui s'efface.

Ça me tord.

25

St Marc

Hier il pleuvait, aujourd'hui j'étouffe. En une journée tout peut changer. Tout.

Un jour Élise était là, le lendemain c'était fini.

Quelqu'un a-t-il déjà pensé à un bouton qui effacerait les douleurs ? Ou une opération du cerveau qui supprimerait les choses que l'on ne peut pas supporter, parce que je vous assure qu'une sœur qui meurt, c'est insupportable.

Tu peux toujours me répéter que je suis sinistre, Marc, tu aurais raison, mais je ne fais que dire la vérité, même si tu ne veux pas l'entendre.

AVRIL

26

Ste Espérance

27

Ste Zita

Je l'ai juré à Charlotte alors je l'ai fait. Je suis allée au cinéma pour le voir, mon cœur battait à mille à l'heure. Quand il a vérifié mon ticket, j'ai à peine levé les yeux vers lui. Il a dit :

– Ça va ?

J'ai fait oui de la tête, mais en même temps je sentais des gouttes de transpiration couler le long de mes côtes.

La salle était quasiment vide. Enfoncée au fond de mon siège, je ne savais pas trop ce que je faisais là. Impossible de me concentrer sur le film. Je suis sortie assez vite, Marin était accoudé à la machine à pop-corn, seul. Mes oreilles se sont mises à bourdonner. J'ai ouvert et fermé les yeux, le plus discrètement possible. Ma tête tournait dans tous les sens. J'avais chaud et en même temps on aurait dit que je tremblais de froid. J'ai cru que j'allais m'évanouir. Je pense qu'il m'a parlé parce que je me rappelle avoir vu ses lèvres bouger. Il a une bouche qu'on a envie d'embrasser. Je suis partie en marchant très vite et sans me retourner, je me suis sentie nulle. C'est si difficile d'aimer ? Pourquoi personne ne m'a prévenue ?

Après le coin de la rue, j'ai couru jusqu'à la mer à en avoir mal aux poumons. Mon épaule a cogné contre celle de quelqu'un d'autre, j'ai murmuré « pardon », si ça se trouve c'était juste un arbre, je ne sais plus.

J'ai avancé dans l'eau, au moins jusqu'à la taille.

C'est à ce moment-là qu'Élise a posé sa main sur mon épaule.

Et j'ai pleuré, Zita.

Enfin.

28

Ste Valérie

J'ai les yeux gonflés ce matin. En fait, Valérie, j'ai pleuré toute la nuit. Vers 3 heures, j'ai reconnu les pas de mon père dans le couloir. Il n'a pas osé entrer. Dommage. Je sais qu'il m'a entendue, pourtant. Moi aussi je les entends : les oreillers n'étouffent pas toujours les cris. J'aurais voulu qu'il se blottisse contre moi, ou moi contre lui.

À deux, on aurait peut-être réussi à se consoler.

Qui sait ?

29

Ste Catherine

C'était dur d'attendre un jour entier pour dire à Mme Machin que j'avais enfin pleuré ! J'avais une boule au ventre de lui annoncer parce que j'avais envie qu'elle soit contente et surtout fière de moi, de mon chemin depuis toutes ces semaines. Quand je lui ai dit, elle a souri, ça m'a donné envie de lui faire un câlin. J'ai lu dans son regard qu'elle aussi avait envie de m'en faire un. Je suppose qu'elle s'est retenue, parce qu'elle n'a pas vraiment le droit de s'attacher aux gens dans le cadre de son travail.

Je l'aime bien en fait, Mme Machin, je vais sûrement continuer un peu les séances avec elle.

Dis, Catherine, tu veux bien me prendre dans tes bras ?

30

St Robert

La mort fait partie de la vie.

Allez, mon Robert, courage !

Tu la retrouveras bien un jour, ta Roberte.

Rosée de MAI

1er

St Brieuc

Charlotte est revenue ! Je te jure, Brieuc, cette fille est une fête à elle toute seule. Quand elle rit ça ricoche, ça éclabousse tout et tout le monde. Il y a des gens qui aiment la vie, Charlotte en fait partie. Et c'est assez rare pour le souligner.

À chaque fois que je la retrouve, ça me fait des sensations au fond du ventre, c'est à la fois agréable et désagréable. Comme si ma joie de la revoir me débordait, comme si mon corps entier n'arrivait pas à contenir tant de bonheur d'un seul coup.

J'ai tellement peur qu'il lui arrive quelque chose de grave. J'espère que je ne porte pas malheur aux gens que j'aime.

2

St Boris

Juste un souvenir, Boris. Tu m'écoutes ?

Dans la maison au cerisier japonais, nous avions un voisin que les gens trouvaient bizarre parce qu'il passait ses journées à construire un avion, un vrai ! Il n'était pas étrange pourtant, cet homme, il était simplement rêveur. J'adorais le regarder bricoler, il laissait toujours la porte de son garage grande ouverte, ça faisait des étincelles, c'était comme un spectacle ! Il savait que j'étais là, pourtant nous ne nous sommes jamais parlé. Pas besoin.

Un jour il a commencé à tousser, un peu, puis de plus en plus, il a maigri, puis il est devenu gris. Il a perdu ses cheveux aussi, mais il n'a jamais arrêté d'assembler les pièces de son avion jaune. Et puis, un samedi, il n'était plus là. Et son avion non plus. Je me suis dit qu'il avait réussi, qu'il s'était envolé et que je ne le reverrais jamais. J'étais tellement contente pour lui. J'ai couru jusque chez moi en criant :

– Il a réussi, il est parti ! Il vole !

J'ai regardé le ciel pendant des jours, espérant de toutes mes forces apercevoir un avion jaune. Et mes parents m'ont laissée faire...

Comment voulez-vous que l'on grandisse sans avoir mal si personne ne nous dit la vérité sur la vie ?

3

Ste Philippa

– Le rire de ma mère est mort en même temps qu'Élise.

Ça, c'est la phrase que j'ai dite à Mme Machin aujourd'hui. Elle n'a pas su quoi répondre. T'aurais vu sa tête ! Ce n'était pas une question, juste un constat.

Charlotte m'attendait à la sortie avec des bonbons ultra-piquants. Elle dit que ça nous fait toutes les deux avoir les larmes aux yeux et que c'est beaucoup mieux comme ça.

Philippa, j'espère que tu as quelqu'un qui fait ce genre de choses pour toi.

MAI

4

St Sylvain

5

Ste Judith

Hier soir, je suis allée dormir chez Charlotte. J'ai écouté le bruit que ça fait, une famille. Si ça se trouve, ils ne savent pas la chance qu'ils ont d'être aussi bruyants. Je me suis rempli la tête de leur agitation, j'ai fait des réserves. À table, ils rient, se coupent la parole, se bousculent. Le père de Charlotte est le contraire du mien, il est drôle et tendre. Mon père a souvent l'air absent, plutôt sombre, toujours un peu mélancolique. C'est beau à regarder mais ce n'est pas toujours facile d'être juste à côté. Avant, ma mère était un feu d'artifice, et un jour elle retrouvera ses couleurs. Elle est tout le contraire de mon père en somme. De moi, aussi. Élise était exactement comme elle. « Chacun la sienne ! » disaient les gens.

Pourtant personne n'appartient à personne.

– Et Marin ? m'a chuchoté Charlotte dans le noir.

– Je l'aime.

– Mais tu ne le connais même pas.

– Si.

– « Juste en le regardant dans le fond des yeux » tu vas me dire ?

– Oui.

– Tu crains, je te jure.

J'ai éclaté de rire, elle aussi. Impossible de nous arrêter. Son père a frappé doucement contre la cloison de sa chambre, ça nous a fait rire encore plus. Elle a mis sa main sur ma bouche, puis elle m'a demandé :

– Tu l'aimes vraiment ?

J'ai fait non de la tête.

Toute la nuit, je me suis blottie contre elle. Tout est moins brusque à ses côtés.

Judith, je peux te dire un secret ? Approche-toi un peu sinon tout le monde va l'entendre.

6

Ste Prudence

Ma sœur était une aventurière. Tout le contraire de toi, Prudence.

Un jour, alors que nous étions en vacances à la mer et que nous n'y habitions pas encore, nous sommes allées encore plus loin que d'habitude dans les rochers. Élise avait dix ans, moi sept. Elle avait en tête, depuis plusieurs jours, d'escalader le gros rocher en forme d'animal. On avait l'interdiction formelle d'y aller, mais Élise se fichait des interdits. Nous avancions à quelques mètres l'une de l'autre, elle toujours devant. Elle se retournait régulièrement pour vérifier que je n'avais pas rebroussé chemin. Personne ne me connaît mieux qu'elle. Je l'ai vue atteindre le sommet de cet immense rocher. Ses cheveux volaient dans le vent. Ma sœur était capitaine.

Ce jour-là ça soufflait plus fort que d'habitude, j'ai voulu lui crier de faire attention mais le vent emportait ma voix vers le large. Élise est tombée. Je suis restée paralysée. Je me souviens encore du bruit sourd de son corps percutant violemment le bas du rocher. Élise a eu les deux jambes fracturées. La nuit je l'entendais gémir et pleurer, je souffrais avec elle.

Tu sais, Élise, certains jours ton imprudence me met très en colère. Je t'en veux, si tu avais fait plus attention à toi, peut-être serais-tu encore près de moi.

7

Ste Gisèle

Élise,

Dans le tiroir de mon bureau, j'ai un tas de photos de toi.

Dans ma boîte à bijoux, j'ai ton bracelet gravé.

Dans mon armoire, j'ai ton gilet bordeaux, tu sais, celui que tu ne quittais jamais.

Je n'ai plus que ça, des objets de toi.

Ça ne sera plus jamais comme avant.

Jamais.

(Ma Gisèle, ne t'inquiète pas, quelqu'un garde tout de toi.)

8

St Désiré

9

St Pacôme

Dernier jour des vacances. Si on peut appeler ça des vacances…

Je n'aime pas les dimanches, et encore moins quand ils sont des veilles de rentrée.

Mon jour préféré ?

Mais je n'en ai plus, Pacôme.

10

Ste Solange

Je n'ai pas dormi cette nuit. Les rentrées volent mon sommeil depuis toujours. Ce matin, je passerai voir Julie à l'infirmerie, son odeur de noix de coco aura l'effet d'un pansement sur moi. En sortant, je passerai devant le cinéma, juste pour regarder Marin de loin.

Laisse-moi tranquille, Solange, je n'ai pas envie de parler aujourd'hui.

Revenir

Entière

Ne plus

Tomber

Réussir

Encore

Et encore

11

Ste Estelle

Avec Charlotte, on a couru jusqu'à la mer et on a mis nos têtes sous l'eau. Ici, la mer est toujours glacée. C'était bien, ça m'a anesthésié le cerveau quelques secondes. Ne plus penser, ça soulage. Si tu savais comme j'étais bien, j'avais envie de prolonger le moment le plus longtemps possible. Mais j'ai senti que quelque chose m'arrachait. C'était Charlotte. Elle m'a sorti la tête de l'eau, avec une force que je ne lui connaissais pas.

– TU FAIS QUOI, LÀ ?

C'est la première fois qu'elle criait comme ça. Charlotte n'est jamais en colère en temps normal.

– Tu fais quoi, Angèle ?

Elle a répété cette phrase en boucle en me secouant très fort, des larmes ont giclé de mes yeux.

– Tu ne refais plus jamais ça tu m'entends ? Plus JAMAIS !

Elle m'a poussée. Fort. Je suis tombée. Elle est partie.

Pardon, ma Charlotte, c'est parce qu'il y a des jours où je trouverais ça tellement plus simple d'aller la rejoindre.

Cours, Estelle ! Rattrape-la, dis-lui ce que je n'arrive pas à lui dire moi-même.

12

St Achille

J'ai sonné chez Charlotte.

C'est son père qui a ouvert la porte. Ça sent toujours les crêpes chez eux, ça sent la bonne humeur et la famille soudée, ça sent ce que ça ne sent plus chez nous.

Il m'a souri et c'était bon comme une brioche qui sort du four et qui te réchauffe tout l'intérieur du corps d'un seul coup. Je suis restée un bon moment dans le couloir de l'entrée.

Il a posé une main sur mon épaule et il a dit :

– Elle est dans sa chambre.

J'ai fermé les yeux parce que toute cette tendresse d'un seul coup c'était puissant. Je crois même que j'ai arrêté de respirer pendant quelques secondes. Je lui ai murmuré un merci, me retenant de me jeter dans ses bras.

J'ai frappé doucement à la porte de Charlotte. Elle savait que c'était moi, évidemment. Elle regardait un film d'horreur, elle adore ça, moi je déteste. Je me suis glissée sous sa couette. J'ai mis ma tête contre son épaule et j'ai fermé les yeux.

Achille, tu sais quoi ? J'y arriverai.

13

Ste Rolande

Ça écrase ma poitrine quand je regarde Marin, même de très loin. Je ne vois pas comment un jour je pourrais réussir à l'embrasser si rien qu'en le regardant je ne respire déjà plus. Peut-être que ce sera ça ma vie : regarder les garçons de loin. Charlotte m'a donné un gros coup dans les côtes quand elle m'a entendu dire ça.

– On en reparlera, ma vieille, quand tu lui rouleras des pelles à longueur de journée à ton Marin.

Elle a mimé la scène en se léchant le dos de la main, je ne pouvais pas m'empêcher de sourire. J'espère tellement qu'elle a raison !

– T'es bête, lui ai-je lancé, amusée.

– Oh Marin, embrasse-moi encore, j'aime ta bouche, je ne peux plus me passer de toi !

Elle en faisait des tonnes, elle ne s'arrêtait même pas en croisant des gens, tu aurais adoré voir ça, Rolande. Et moi, je riais comme jamais !

Charlotte, c'est ma chance !

14

St Matthias

J'ai raté le rendez-vous avec Mme Machin aujourd'hui. Je l'ai appelée pour m'excuser, lui dire que ça m'était complètement sorti de la tête. Elle a dit :

– C'est bien, nous nous verrons le 18.

« C'est bien » ? Pourquoi m'a-t-elle dit ça à ton avis, Matthias ? Je n'ai pas compris, mais je n'ai rien demandé. Elle a raccroché. Moi aussi.

Bizarre, d'habitude je n'oublie jamais rien.

15

Ste Denise

16

St Honoré

J'ai fait le calcul, Honoré : quand j'aurai vingt-sept ans, j'aurai vécu plus longtemps sans elle qu'avec elle.

– Et alors ? m'a dit Charlotte.

– Ben alors rien, je te le dis, c'est tout.

Elle a levé les yeux au ciel.

– Franchement, arrête de te mettre des trucs comme ça dans la tête. Viens, on va plutôt manger une glace.

– Pas faim.

– « Pas faim, pas faim », m'a-t-elle imitée en grimaçant et en courbant le dos. Tu ne peux pas faire une phrase complète, non ? Parfois j'ai vraiment l'impression de me traîner une vieille.

Elle m'a attrapée par le tee-shirt.

– Si t'as pas faim pour une glace, tu mangeras une gaufre !

Puis on a sautillé jusqu'au glacier.

Le monde entier devrait sautiller, ça fait tout oublier, même si ça ne dure jamais longtemps.

17

St Pascal

18

St Éric

Est-ce que je deviens fille unique ou est-ce que je reste une sœur ?

Voilà ce que j'ai prévu de demander à Mme Machin aujourd'hui. J'ai hâte de savoir ce qu'elle va me répondre, et de voir la tête qu'elle va faire.

Ça te choque, Éric, ou tu me comprends ? Je veux dire : tu comprends que j'aie parfois des pensées bizarres ?

19

St Yves

Yves, toi qui as l'âge de mon père, je vais te parler de lui. Il y a trois mois, il s'est mis à courir. Lui qui n'a quasiment jamais fait de sport de sa vie, on ne l'arrête plus. Il court. Je ne sais pas combien de temps ça va durer, peut-être tout le reste de sa vie. Parfois, je me pose à la fenêtre de ma chambre et j'attends qu'il passe. Je l'ai déjà vu plusieurs fois parler tout seul. Je sais bien que c'est à Élise qu'il parle. Quand il rentre, il crache dans la haie. Aujourd'hui, pour la première fois, il a levé la tête vers ma fenêtre. Je me suis cachée à toute vitesse derrière le rideau, j'avais honte de les avoir espionnés.

Mon petit papa, sais-tu qu'elle ne reviendra pas ?

20

St Bernardin

Ça suffit la tristesse.

MAI

21

St Constantin

Ça suffit de reculer.

22

St Émile

Ça suffit.

23

St Didier

Ce matin, maman a remis du parfum, c'est très bon signe il me semble. Qu'en penses-tu, Didier ? C'est bon signe, non ?

Qu'est-ce qu'elle est belle ! Il n'y a qu'elle qui ne le sait pas. Je suis sortie de ma chambre en même temps qu'elle de la salle de bains. Elle avait sa serviette enroulée autour de la taille. Elle a attrapé avec sa langue des gouttes qui tombaient de ses cheveux bouclés au coin de sa bouche, on aurait dit une petite fille. Je me suis approchée d'elle, je ne m'étais pas rendu compte qu'en quelques mois je l'avais dépassée en taille. On s'est croisées et j'ai frissonné, comme si tout à coup tout circulait à nouveau entre nous.

Je me suis enfermée dans la salle de bains avec l'odeur de son parfum. J'ai poussé à fond le bouton du volume de la musique et je suis restée longtemps sous la douche, ma poitrine était toute rouge. En sortant, j'ai senti une odeur de café et de tartines grillées. Je suis restée statique quelques secondes. Et c'est arrivé !

Maman a crié depuis la cuisine :

– Ma chérie, tu veux un petit déjeuner ?

Mon cœur s'est soulevé en entendant son *ma chérie.*

J'ai dévalé les escaliers pour me jeter dans ses bras, et nos larmes se sont enfin mélangées.

24

St Donatien

25

Ste Sophie

Je me sens grande. Je me sens forte.

Pour la première fois, je ressens en moi que tout est possible, même la joie. Comme si j'avais été enfermée dans une maison au milieu de nulle part, isolée de tout et de tout le monde depuis des mois, et que tout à coup, moi qui croyais cette maison sans fenêtres, j'en avais trouvé une ! Une toute petite dans laquelle je pouvais passer, en forçant peut-être un peu, mais sans me blesser gravement.

– Vous voyez ce que je veux dire ?

Mme Machin a hoché la tête. J'ai repris ma respiration et j'ai continué à lui parler sans m'arrêter pendant toute la séance.

Quand je me suis retrouvée seule dans la rue, j'ai eu la brève sensation que je pouvais voler. Ça t'a déjà fait ça, Sophie ?

26

Ste Bérengère

27

St Hildevert

Apprendre à profiter d'un rien pour enfin savourer tout.
Un rayon de soleil qui vient chauffer ma peau.
Le parfum de ma mère que je reconnais sur une autre.
Un brin d'herbe qui me caresse par surprise.
Compter les grains de beauté sur le bras de mon père.
Regarde, Hildevert : un double arc-en-ciel.
C'est elle !

28

St Germain

En me levant aujourd'hui j'ai senti que tout était différent. Pour la première fois de ma vie je me suis dit tant pis. Tant pis si tu n'y arrives pas, tant pis si certains jours c'est trop dur. Tant pis.

Je me suis dit aussi essaie quand même puisque tu n'as plus rien à perdre. Alors j'ai pris la route des peupliers, j'ai marché confiante sur le petit muret. Je me suis approchée du cinéma, Marin était là. Il regardait dehors. Mon cœur battait trop vite mais ça ne m'a pas empêchée de continuer d'avancer vers lui. Bien sûr je baissais parfois légèrement la tête, regarder quelqu'un qu'on aime c'est assez difficile. Je suis entrée, je me sentais invincible. On aurait presque dit quelqu'un d'autre. J'ai acheté du pop-corn en lui souriant, il m'a regardée, mi-interloqué mi-ravi.

J'ai dit :

– On pourrait aller à la plage un de ces jours, si tu en as envie aussi.

Il a rougi, c'était vraiment beau. Ses mains ont tremblé, c'était de plus en plus beau.

Il a répondu :

– Oui, le mardi je termine plus tôt.

J'ai dit :

– Super, alors à mardi !

Et je suis repartie.

Tu vois, Germain, j'ai réussi !

29

St Aymar

Tu n'as fait aucun bruit, Aymar, tu n'as même rien dit pour nous laisser à deux. Merci.

Il était assis devant la télé à regarder une émission sans la voir vraiment. Je me suis assise à côté de lui. Je lui ai pris la main, elle était toute froide. J'ai soufflé dessus pour la réchauffer, puis j'ai embrassé son front et je suis repartie. Je ne voulais pas voir si ça lui avait fait du bien ou pas.

Au cas où tu retrouverais un jour ton agenda :

JE T'AIME PAPA.

30

St Ferdinand

Oui, Ferdinand, c'était un accident.

Pourquoi tu me demandes ça ?

Ça ne changera rien que je te raconte les détails.

Ça ne la ramènera pas non plus.

Si seulement.

Ça veut tout dire *si seulement*, tu ne trouves pas ?

Élise est morte le 17 novembre.

Le jour de sa fête.

31

Visitation

Élise ne reviendra jamais.

Partez tous, je vous en prie, ne la laissez pas seule.

Vous, mes compagnons d'un jour, donnez-lui la main.

Là-haut, ailleurs, où qu'elle soit, ne l'abandonnez pas !

Soleil de JUIN

1er

St Justin

Élise

Après le collège, je suis passée chercher Marin au cinéma. Une fois à la plage, en une seconde tout est retombé. J'ai changé d'avis, le vert n'est plus ma couleur préférée, je ne l'aime plus. Je me demande comment on peut avoir l'impression d'aimer quelqu'un au point de ne plus pouvoir respirer et l'instant d'après ne plus lui trouver d'intérêt. Peut-être que Marin devait rester mon tableau, à contempler de loin, inaccessible. Quand il me parlait tout à l'heure, je regardais la mer. Moi, je n'avais rien à lui dire.

J'ai regardé ses mains, fines, très belles. Je ne veux pas qu'elles me touchent. Jamais. J'ai fermé les yeux pour imaginer le contact de ses mains sur ma peau, mais bizarrement, c'est le visage de Charlotte qui m'est apparu. J'ai rouvert précipitamment les yeux et secoué la tête comme quelqu'un qui fait un cauchemar. Charlotte est simplement ma meilleure amie. Et quand je dis *simplement*, ça ne veut pas dire que ça compte à peine. Je ne veux pas non plus des mains de Charlotte sur mon corps, ça me dégoûte ! Qu'est-ce qui se passe dans ma tête en ce moment ?

Tout d'un coup, je me suis dit qu'il fallait que j'embrasse Marin, histoire de chasser ces pensées, et vite ! Quand j'ai posé mes lèvres sur les siennes, il a tressauté de la bouche, elle avait un goût de guimauve. C'était bon mais pas inoubliable.

On a marché jusqu'au glacier, j'ai choisi une boule chocolat. Il m'a tendu ma glace, je l'ai léchée deux fois puis je la lui ai rendue.

– Faut que je parte.

J'ai dit ça comme ça, sans trémolo dans la voix, sans honte non plus. Il s'est retrouvé avec sa glace à la pistache dans une main et la mienne dans l'autre.

Je n'aime pas avoir l'âge que j'ai : à treize ans, je trouve que tout est difficile. J'avais envie de tout balancer dans ma chambre, il y avait comme un feu dans ma poitrine.

Marin : point final.

2

Ste Blandine

Élise

La mer. Seule.

Je suis descendue par les rochers. Il y avait des grosses rafales de vent, peut-être que j'avais envie de glisser, de me faire mal. Peut-être que j'avais envie de savoir qui s'inquiéterait en premier pour moi, qui remarquerait que je ne suis pas rentrée. Si je disparaissais, qui viendrait me chercher ? J'ai laissé mon pied déraper mais je n'ai pas eu le courage d'aller plus loin. Pas si facile de se faire du mal.

Peut-être que ce n'est pas la solution.

Finalement, j'ai marché pieds nus dans l'eau pendant assez longtemps, je faisais des allées et venues. Une femme est arrivée et s'est mise à faire la même chose que moi. À chaque fois que l'on se croisait on se souriait. Aucune de nous deux n'avait envie d'arrêter ce petit manège réconfortant. C'était presque triste de devoir se quitter.

Je suis rentrée à la lumière du soir, celle qui rend tout plus beau. Depuis la fenêtre, j'ai vu ma mère assise sur une chaise dans un coin du salon, le dernier rayon de soleil du jour illuminait ses cheveux. Je sais qu'elle m'attendait, qu'elle était folle d'inquiétude de ne pas me voir rentrer. Je la connais trop bien pour qu'elle puisse me cacher ces choses-là. Je n'avais aucune envie de la voir faire semblant, alors j'ai posé mes clés dans le vide-poches de l'entrée et j'ai fait exprès de ne pas regarder dans sa direction. Mon seul objectif était d'atteindre ma chambre.

– Charlotte a appelé trois fois. Vous n'aviez pas cours ce matin ?

J'ai entendu dans la voix de ma mère tout l'espoir qu'elle y mettait. Attirer mon attention pour me faire parler ensuite. Évidemment qu'elle a appelé, Charlotte veut toujours tout savoir.

– Non. Je la verrai demain au collège.

Ma mère m'a suivie dans l'escalier, trop inquiète par ma réponse, certes très inhabituelle.

– Il y a quelque chose ?

Sa question m'a vraiment énervée, mais je ne me suis pas tournée vers elle.

– Qu'est-ce que tu veux dire ?

J'ai senti que je rougissais subitement très fort, ça m'a donné envie de tout casser.

– Il y a un problème ? a demandé ma mère.

– Non aucun, je te dis juste que je la verrai demain.

J'ai fermé la porte de ma chambre. Il y a des jours où je ne peux pas supporter la tristesse de son regard, et tout le poids que ça met sur moi.

Je ne peux dire à personne que je ne vois que Charlotte quand je ferme les yeux. Ça me brûle.

3

St Kevin

Élise

Devant le collège, Charlotte m'a littéralement sauté dessus !

– Alors TOI ! a-t-elle hurlé. Mais pourquoi tu ne m'as pas rappelée ?

– J'avais envie d'être seule.

Elle a mis ses deux mains autour de son cou, faisant mine de s'étrangler puis de s'étouffer.

– Et puis de toute façon il n'y avait rien à raconter.

En temps normal, je lui aurais pris la main mais là, tout bloquait. J'avais peur qu'elle devine.

– Comment ça « rien » ?

– Il ne me plaît pas tant que ça en fait.

– Quoi ? Mais t'es complètement folle ma parole !

– Je sais.

– Si tu crois que tu vas t'en tirer comme ça, tu rêves ! Je veux tout savoir.

Quand on est ensemble, la plupart du temps, autour de nous personne d'autre n'existe. Ce matin, c'était encore plus fort que d'habitude, j'avais l'impression que tout le monde était flou sauf elle. Charlotte m'a attrapé la main et on a filé en cours de musique. Dans les couloirs du collège, j'avais l'impression que les autres n'étaient que des traits un peu sombres, mon cœur battait vite, mais je savais que tant que je tiendrais sa main tout irait bien.

Je lui ai presque tout raconté, sauf le moment où j'ai fermé les yeux et que c'est elle qui est apparue. Elle aurait ri, se serait moquée de moi, et je n'avais pas envie du tout qu'elle en fasse quelque chose de moche.

Je l'ai regardée plusieurs fois dans la journée, autrement que les autres jours, pour voir si ça me faisait autre chose. Mais non, rien de spécial. Je l'aime c'est tout, pas besoin d'en faire toute une histoire. J'ai arrêté de m'inquiéter, mais la boule au ventre que j'ai depuis plusieurs jours est restée.

4

Ste Clotilde

Élise

Mme Machin est une dame dont je me souviendrai longtemps, peut-être même pour toujours. Ses reflets roux et la profondeur de ses yeux gris, la douceur de sa voix, son sourire d'automne, réconfortant. La boîte de mouchoirs posée sur le coin de son bureau rectangulaire, et la corbeille à ses pieds, probablement remplie de larmes de gens brisés. Je trouve que tous ces chagrins qui se mélangent ensemble c'est beau. Je me demande si les chagrins des autres suivent parfois Mme Machin le soir quand elle rentre chez elle ou si, par précaution, elle les met dans un grand sac-poubelle avant de partir.

J'aimerais qu'elle se souvienne de moi, de mes avancées, de la manière dont je me suis battue pour revenir pleinement dans la vie. Je voudrais qu'elle garde aussi Élise dans un coin de sa tête, l'image que je lui ai donnée d'elle et les morceaux de toutes les photos que je lui ai montrées.

Aujourd'hui je n'ai pas beaucoup parlé, j'avais plutôt envie de la regarder, prendre le temps d'imprimer son visage, d'enregistrer sa voix. Même si je pense que les gens qui nous sauvent restent pour toujours en nous.

5

St Boniface

Élise

J'étais allongée sur le lit d'Élise quand ma mère est entrée. Elle s'est assise à côté de moi. Au bout d'un long moment, elle s'est approchée encore un peu plus et s'est mise à me caresser les cheveux. Mais c'est à elle que la tendresse fait le plus de bien.

– Tu sais, maman, tu devrais aller voir Mme Machin, je suis sûre qu'elle pourrait t'aider.

Elle a souri tout doucement, elle avait l'air d'être si petite. J'avais l'impression que c'était moi sa mère.

6

St Norbert

Élise

Il faisait trop chaud dehors, on s'ennuyait. C'était l'une de ces journées que le temps suspend. Charlotte m'a proposé de venir chez elle. Il n'y avait personne. Être à deux dans cette grande maison, qui n'était d'ordinaire jamais vide le dimanche, me donnait une étrange sensation de liberté. J'avais mal au ventre, de joie je crois.

Les mains en porte-voix, elle a crié :

– Y a quelqu'un ?

Personne.

On a commencé par aller dans la cuisine. En ouvrant les placards, j'avais l'impression que nous étions entrées par effraction dans une maison choisie au hasard. On a commencé à manger n'importe quoi : des pâtes crues, des olives sur lesquelles on a ajouté du poivre, on a trempé des biscuits apéro dans le gros pot de pâte à tartiner, puis nos doigts. Elle en a étalé un peu sur ma joue. J'ai fait pareil. On a tellement ri.

Elle a dit tout bas :

– Viens voir.

Je l'ai suivie, tout en surveillant la porte d'entrée. J'étais à l'affût du moindre bruit. Dans le salon, il y avait un petit meuble de coin, un truc un peu moche en vieux bois luisant. Elle a tiré le petit bouton rond, la porte a grincé, j'ai sursauté. Le petit meuble était rempli de bouteilles d'alcool. Une porte a claqué, j'ai crié. J'avais tellement peur que l'on se fasse surprendre, j'en avais mal partout.

– Arrête Charlotte. Ferme ça.

Elle m'a tendu une bouteille de whisky en faisant un grand sourire et un petit mouvement avec ses sourcils.

– Goûte.

Je ne sais pas pourquoi je l'ai fait. Rien qu'à l'odeur j'aurais dû renoncer. Ça a brûlé ma gorge, j'ai toussé comme un animal, Charlotte était pliée de rire. Elle a bu plusieurs gorgées, ça avait l'air facile pour elle. Elle grimaçait à peine.

Je ne me rappelle plus très bien comment on s'est retrouvées dans la salle de bains du deuxième, celle où il y a une baignoire. Charlotte a fermé la porte à clé puis a fait couler un bain, alors qu'il faisait déjà si chaud ! Le miroir s'est lentement recouvert de buée, j'ai vu mon reflet disparaître doucement. On aurait dit que c'était une autre que moi que je regardais s'effacer peu à peu. Charlotte et moi avons déjà pris mille douches ensemble, pourtant quand elle a enlevé son tee-shirt puis baissé son pantalon, j'ai eu l'impression de découvrir sa peau blanche pour la première fois. Ses grains de beauté, nombreux, semblaient ressortir plus que d'habitude.

– Tu viens ?

Elle a enlevé sa culotte puis s'est glissée doucement dans l'eau chaude du bain. Elle a relevé ses cheveux en faisant une sorte de chignon un peu flou, j'ai regardé ses petits cheveux au creux de sa nuque et j'ai trouvé qu'elle était magnifique. C'est exactement à ce moment-là qu'elle m'a demandé si j'avais embrassé Marin avec la langue. J'ai dit non. Elle le savait pourtant très bien. Nous jouions un jeu.

– Alors tu viens ?

Je me suis déshabillée pour la rejoindre dans le bain. L'eau était vraiment très chaude, presque trop, je transpirais beaucoup. Quand nos jambes se sont touchées, j'ai ressenti quelque chose que je n'avais jamais ressenti avant, une sorte de petite vague sur la peau. C'était très étrange.

– Tu veux t'entraîner sur moi ? a proposé Charlotte.

– À quoi ? ai-je fait mine de ne pas comprendre.

– À embrasser avec la langue !

Charlotte a ri, moi aussi, mais j'ai fait semblant, parce qu'en vrai je n'avais pas du tout envie de rire. J'avais la tête qui tournait beaucoup. Elle s'est approchée très près de moi et je l'ai laissée faire.

Notre baiser a duré assez longtemps, c'était facile, tendre, délicieux.

Après, elle a vidé l'eau du bain, ouvert la fenêtre, senti le pot de crème de sa mère, ri, beaucoup parlé. Puis elle s'est rhabillée, comme si de rien n'était.

Peut-être que ce n'était rien d'ailleurs. Un baiser, ce n'est pas grand-chose quand on y pense. Deux bouches qui se collent, un corps qui frémit peut-être plus qu'un autre. Une amitié qui reprend simplement sa route. C'est déjà beaucoup.

Elle a jeté une serviette de bain sur ma tête, j'étais encore assise dans la baignoire, il n'y avait plus qu'un tout petit fond d'eau. Je suis restée un peu comme ça, dans le noir. Quand j'ai retiré la serviette, elle n'était plus là. Je suis sortie de la baignoire, j'ai enlevé un peu de buée sur le miroir avec la main. Je me suis regardée et j'ai encore eu cette impression bizarre que c'était une autre que moi dans le reflet. Mais qui es-tu ?

Je ne sais pas si j'avais envie d'être là ou ailleurs, ni si j'avais envie d'être moi ou une autre, petite ou grande.

– Ça commence ! a crié Charlotte depuis sa chambre.

Je n'ai vu que le début du film, je me suis très vite endormie contre elle. Parfois, le sommeil est une fuite.

7

Ste Gilberte

Élise

Je ne me suis pas levée pour aller au collège. Le réveil a sonné cinq fois, la sixième fois je l'ai définitivement arrêté. J'ai entendu ma mère partir, puis mon père, une heure plus tard. Je ne crois pas avoir fait autre chose que penser toute la journée. Les heures se sont écoulées lentement mais sans ennui.

Vers 16 heures, Charlotte a tambouriné à la porte.

– Attends, tu es restée au lit toute la journée ? m'a-t-elle dit en me regardant avec dégoût quand je lui ai ouvert.

– Globalement.

– Tu ne t'es même pas lavée ?

– Flemme.

– OK, donc tu es dans une journée où tu fais des phrases ne contenant qu'un seul mot. J'ai saisi. Tu as dix minutes pour prendre une douche et t'habiller, je t'attends ici. Dépêche-toi !

J'ai pris une longue douche, j'ai prié pour que le jet chaud m'empêche de penser, une bonne fois pour toutes. Ça n'a pas du tout fonctionné. Je me suis demandé si elle allait me rejoindre dans la salle de bains. J'avais peut-être envie de recommencer ce qu'il s'était passé la veille. Non. Je suis sortie d'un coup et j'ai fermé très doucement le verrou de la salle de bains. Je ne voulais pas qu'elle entende ni qu'elle interprète mon geste. Charlotte doit croire que c'était un truc comme un autre de s'embrasser. Moi, je ne sais pas ce que je crois. Tout se mélange dans mon cœur.

Je me suis dépêchée de m'habiller pour ne pas la faire attendre trop longtemps. Je l'ai retrouvée dans la cuisine avec une serviette sur la tête et j'ai fait semblant que rien ne me tourmentait.

– Tu n'as rien raté aujourd'hui. À part peut-être le moment où M. Olive a lâché une caisse en plein milieu du cours.

– Encore ! ai-je ri exagérément.

– Allez, au boulot ma vieille !

Elle a sorti les cours de son sac et m'a aidée à rattraper tout ce que j'avais loupé, ignorant ma gêne.

Je ne sais pas comment je pourrais m'en sortir dans la vie si un jour Charlotte n'était plus dans la mienne.

Elle est repartie quand mon père est rentré. Elle sait se faire toute petite quand c'est nécessaire.

On n'a pas reparlé du baiser. C'est d'ailleurs quasiment sûr que nous n'en reparlerons jamais. Et c'est sans doute mieux ainsi.

8

St Médard

Élise

Mardi gris. Mon père est entré dans ma chambre, il a ouvert le volet roulant, il y avait une brume de mer dehors. Il était encore très tôt. Il n'a rien dit. Moi non plus. Je l'ai juste regardé faire. Nos regards se sont croisés, il a esquissé un sourire, ça m'a remué le cœur (en bien). Il a pris mon sac noir au-dessus de l'armoire, il a éternué cinq fois de suite à cause de la poussière. Ça fait trop longtemps que nous ne sommes pas partis. Il a ouvert les tiroirs et a fourré quelques affaires au hasard dans le sac. Il a fait un petit mouvement de tête en direction de ma porte de chambre, puis il est sorti avec le sac sur l'épaule. Je me suis habillée vite fait, puis je l'ai rejoint dans la cuisine.

– Café ? a-t-il demandé.

– Ben non.

Il a haussé les épaules. J'ai ri. Lui aussi.

– On part en week-end, a-t-il annoncé.

– Un mardi ?

– Oui.

– Et maman ?

– Elle est de garde.

Ça m'a affolé le cœur. J'ai mis mes bras autour de son cou, j'avais des frissons jusque dans les lobes d'oreille.

On a roulé des kilomètres et des kilomètres sans se parler, être si proches ça ne nous était pas arrivé depuis longtemps, c'était bien. Je pensais à Charlotte, beaucoup. Parfois je le regardais du coin de l'œil, pas mon père mais l'homme abîmé, et j'avais mal pour lui, parce que je sais bien que rien ne pourra jamais le réparer complètement. Il est fatigué, mon père, épuisé par le manque d'elle. Alors j'ai poussé le son de la radio, je lui ai mis un petit coup de coude pour qu'il chante avec moi. On a chanté. Je sais que nous pensions tous les deux très fort à Élise, pas besoin de se le dire.

Je l'ai trouvé beau de se battre.

9

Ste Diana

Élise

L'hôtel était bien. Perdu, un peu comme nous. Prendre la voiture et rouler vers l'inconnu, c'est vraiment quelque chose à faire. Ça vide la tête, ça change, ça fait oublier un peu. On a beaucoup marché pendant ces deux jours ensemble, parfois côte à côte, parfois lui devant, ou l'inverse. Je lui ai pris la main, souvent. Il a serré la mienne, plusieurs fois. Mon père économise ses mots mais pas l'amour qu'il a pour moi. J'ai compris, maintenant.

Le petit déjeuner l'un en face de l'autre a été l'un de mes moments préférés du week-end. Avec celui de la petite bougie pour Élise, évidemment. Pourtant mon père est athée, mais je crois qu'en ce moment il a besoin de croire en quelque chose. Parce que si tu penses qu'il n'y a plus rien après c'est encore plus insupportable. L'église était vraiment jolie. Il y avait un chien couché devant, et un vieux monsieur avec un arrosoir qui faisait le tour du cimetière. Il nous a fait un petit signe de la tête, mon père et moi avons répondu en même temps en levant la main. Le chien a relevé la tête, il nous a regardés puis s'est rendormi.

On a choisi une petite bougie dans un socle rouge. Quand la flamme s'est allumée, j'ai entendu mon père inspirer. Il a fermé les yeux, moi aussi, et nos mains se sont trouvées toutes seules.

En sortant, le chien n'était plus là. L'homme à l'arrosoir s'est approché de nous. Il a posé une main sur l'épaule de mon père et il a serré. J'ai vu une larme couler sur la joue de mon père, j'aurais voulu pouvoir la ramasser et la garder pour toujours. J'ai remercié le vieux monsieur avec les yeux, puis nous sommes rentrés.

Sur le chemin du retour, on était juste bien. On a ouvert toutes les fenêtres de la voiture et on a laissé entrer l'air jusqu'à la maison.

Ma mère nous attendait dans le jardin, elle a souri, j'ai vu mon père la regarder comme avant, alors j'ai souri, moi aussi.

On aurait dit que le soleil ne voulait pas se coucher, c'était une de ces journées que personne ne veut laisser partir. Mon père a ouvert une bouteille de vin et a sorti les beaux verres des jours de fête. J'aurais voulu que ça ne s'arrête jamais.

Élise, est-ce que tu nous regardes essayer de vivre cette vie d'après ?

10

St Landry

Élise

La prof de français nous a demandé d'écrire une lettre, adressée à nous-mêmes dans vingt ans. Au début je n'étais pas du tout inspirée par la consigne, je trouvais l'exercice à la fois difficile et inintéressant. Puis, petit à petit, je me suis laissé emporter.

J'ai fini par écrire ça :

Chère Angèle,

Te souviens-tu de ces mois compliqués ? Tu en avais marre de cette vie sans elle. Ta sœur te manquait tant que certains jours tu ne pouvais même plus respirer. L'étape était si compliquée à franchir, le gouffre si grand. La peur t'envahissait. Te souviens-tu ?

Aujourd'hui, tu peux être fière de toi puisque tu es toujours là. Tu viens de fêter tes trente-trois ans. Tu es heureuse, n'est-ce pas ?

Tu es toujours près de la mer qui t'a tant réparée. Charlotte n'est jamais loin non plus. Tu n'oublies pas ta sœur bien sûr, elle est toujours là, en toi, sauf qu'aujourd'hui ça ne fait plus si mal. Tes parents sont vieux mais pas encore trop. Ils vont tellement mieux aujourd'hui, c'est si bon de les voir rire aussi souvent, c'est aussi grâce à toi. Vous êtes tous les trois debout.

Bravo !

Angèle

11

St Barnabé

Élise

Après les cours, je suis partie très vite, sans attendre Charlotte. Je ne fais jamais ça, je comprends que ça ait pu la déstabiliser. Je l'ai vu dans son regard à la fin du cours de maths, quand elle a compris que je partirais seule. Je faisais glisser tout doucement la fermeture de mon sac à dos alors que le prof était encore en train de parler. Je ressentais une sorte d'urgence. Charlotte cherchait mon regard et moi je faisais semblant de ne pas voir qu'elle me regardait. Au moment même où la sonnerie a retenti, j'ai filé.

– Un train à prendre, mademoiselle ? a dit le prof quand j'avais déjà la main sur la poignée de la porte.

– Oui monsieur.

Je suis partie sans me retourner. J'ai marché à toute vitesse dans les couloirs, descendu tout aussi rapidement les marches. Il y a décidément trop d'escaliers dans ce collège !

Tout s'est calmé en moi quand je suis arrivée près de la mer.

Je ne connais pas de meilleur remède qu'elle.

12

St Guy

Élise

Aujourd'hui c'est son anniversaire. Enfin, ça aurait été son anniversaire. On ne va quand même pas lui mettre un gâteau, des bougies et tout le tralala ? Ça serait ridicule. C'est comme ça, il y a des dates qui vont nous frapper. Un bon gros coup de poing dans la figure, bing !

Avoir seize ans pour toujours.

On a passé la journée à s'éviter, à ne rien se dire, à ne pas trouver les mots. Je pense que ma mère aurait voulu faire des crêpes, des presque pas cuites comme Élise les aimait. Elle a sorti la poêle, qu'elle a mise bien en évidence en plein milieu de la cuisine. Elle avait besoin d'une autorisation qu'on ne lui a jamais donnée, mon père et moi.

On n'a fait que se croiser.

Chacun sa peine.

13

St Antoine

Élise

Le vide des lendemains de fête. Une fête qui n'a pourtant pas eu lieu. J'ai claqué fort la porte d'entrée en partant rejoindre Charlotte, pour qu'ils se réveillent, qu'ils ne se laissent pas aller.

Charlotte m'a simplement pris la main, elle sait bien quand ce n'est pas utile de parler, quand les mots ne suffisent pas, autant ne pas les dire.

Nous nous sommes assises sur un banc, en face de la mer. Il faisait déjà chaud, des gouttes ont coulé à l'arrière de mes genoux, mes petites larmes secrètes.

J'ai posé ma tête sur l'épaule de Charlotte et c'était bien.

14

St Élisée

Élise

Souvent je crois la voir, alors mon cœur s'emballe. Tellement que j'ai l'impression qu'il devient géant. Mon regard se floute, mes jambes me lâchent, je dois m'asseoir.

Et puis ce n'est jamais elle, évidemment.

Ça prend du temps à mon cœur de rétrécir et de retrouver sa place.

15

St Tancrède

Élise

J'ai lu la lettre de mon cours de français à Mme Machin. Quelques larmes se sont mises à couler toutes seules en la lui lisant, des larmes de fierté, parce que je sais que tout ce qui y est écrit est vrai. Ça ne se voit pas forcément de l'extérieur, mais au fond de moi, je suis une guerrière, puissante !

À la fin de ma lecture, Mme Machin s'est redressée sur sa chaise, ses yeux brillaient un peu, il me semble.

– Bravo, c'est le mot juste, jeune fille. Vous pouvez en effet être très fière de vous.

(Oui, elle me vouvoie.)

– Merci madame.

J'ai mis mes deux mains sous mes cuisses, et je me suis légèrement balancée d'avant en arrière afin de contrer une émotion prête à déborder.

– Ce n'est pas que je ne veuille plus vous voir, madame, mais je pense que je suis prête à avancer toute seule désormais.

Mme Machin a souri.

– Je partage votre avis, m'a-t-elle répondu.

Il y a eu un silence, je me suis sentie remplie de quelque chose de nouveau.

Je crois bien que c'était de la confiance.

16

St Ismaël

Élise

Il ne me reste plus qu'à vivre.

À respirer, rire.

Aimer.

17

St Hervé

Élise

Retrouver la gaieté !

J'ai ouvert en grand toutes les fenêtres, tiré les rideaux et mis de la musique. Je me suis occupée de faire le café, griller les tartines et sortir le beurre suffisamment tôt pour qu'il ait le temps de ramollir un peu.

– Mais qu'est-ce que tu fous ? Il est 6 heures !

Mon père avait une tête de drap oublié depuis plusieurs jours dans le sèche-linge. Je lui ai massé les plis de peau pour qu'il se défroisse plus vite, et je l'ai embrassé. J'adore quand il se laisse faire comme ça.

– Je mets de la vie dans cette maison, voilà ce que je fais !

– Elle a raison, a dit ma mère en entrant à son tour dans la cuisine.

– Élise détesterait nous voir aussi sinistres tous les trois, ai-je dit.

J'ai vu un truc frémir dans la joue de ma mère, ça lui fait ça à chaque fois qu'elle entend le prénom de ma sœur.

Ce petit déjeuner était aussi délicieux et onctueux que la confiture d'abricots de mon grand-père, ma préférée de tous les temps. La joie, ça se travaille, surtout quand elle s'en va quand on ne s'y attend pas.

Chacun est parti vivre son jeudi avec une légèreté qui sentait bon l'été et l'impatience de se retrouver le soir.

Mission accomplie !

18

St Léonce

Élise

Ce matin, j'ai entendu mon père partir à l'aube. Je me suis levée et j'ai marché sur la pointe des pieds jusqu'à leur chambre. J'ai envoyé un baiser au vol en passant devant celle d'Élise.

Je me suis glissée dans les draps du lit de mes parents, comme quand j'étais petite. Je me suis collée à ma mère. Ça m'a emportée des années en arrière, quand, avec ma sœur, nous rejoignions nos parents avant le lever du soleil, finir nos nuits au chaud tous les quatre.

Ma mère m'a serrée très fort, presque trop mais je n'ai rien dit.

Elle a chuchoté :

– Et si on restait au lit aujourd'hui ?

– Pour de vrai ?

J'étais surexcitée ! Elle a appelé le collège pour dire que j'étais malade, on en a pouffé de rire. Ma mère est donc capable de mentir.

Une journée rien qu'avec elle, c'était doux comme dans le creux de son cou.

19

St Romuald

Élise

Il y a des jours où je voudrais mettre mes parents dans ma poche, pour les garder près de moi pour toujours.

Ce soir, je les ai observés depuis la fenêtre de ma chambre. Le vent était chaud, c'était doux. Ils sont beaux, ensemble. Même quand ils ne se tiennent pas la main on dirait qu'ils le font. Ça doit faire ça quand tu trouves ta personne.

20

St Silvère

Élise

Dans un magasin de papas,

je n'en aurais pas choisi un autre que toi.

Je suis là, et je continue pleinement de faire de toi un papa.

Je lui ai glissé ces mots-là sous son oreiller, parce que c'est la fête des Pères aujourd'hui.

Mettre un peu de poésie dans les vies, ça ne peut faire que du bien à tout le monde.

21

Été

Élise,

J'arrête d'écrire.

On change de saison, et moi je pars.

Je pars retrouver les autres.

Je pars aimer la vie.

Élise,

Ma sœur chérie.

Ne t'inquiète pas trop pour nous.

Ça va aller.

À un de ces jours, Élise.

Mais pas trop vite !

MIXTE
Papier issu de
sources responsables
FSC® C133979

Plus d'informations sur la fabrication de nos livres :
editionsmilan.com/comment-fabriquons-nous-nos-livres

Achevé d'imprimer au 1er trimestre 2022 en Ukraine